KB113393

아가씨와 빵

아가씨와 빵

심민아 시집

민음의 시 272

민음사

여기, 아가씨가 앉았다 간 풀밭에
엔젤링, 스파크, 색 모래와 빵가루

2020년 초여름
신민아

차 례

3부

4부

1부

우아하고 전지전능한

커튼을 열면 눈이 내리고
온통 빛이 지나간 자국들

어떻게 사나요?
도깨비처럼 살지요
도깨비처럼 사는 게 무엇인가요?
이렇게 가끔 나타나는 거지요

저기요, 눈 소식은 조금 있을까요
여기에서 북쪽으로 사십오 킬로미터를 거슬러 올라가면
우리가 농담하다 재채기한 조그만 자국들

수줍지만, 눈 소식은 왠지 있을까요
저녁 식탁에서 가슴 크기의 고기를
조금씩 베어 먹습니다

혹시, 눈 소식은 여전히 있을까요
저녁 식탁을 물리고 싶은
이를테면 시간의 알 감자들

오늘 밤을 거대하게 만드는 노래를
최선을 다해 불러 볼까요

어떻게 사나요?
가슴을 베어 내고 살지요
가슴을 베어 내는 건 무엇인가요?
저녁 식탁을 차리는 일이지요

화학적으로 잘못 구성된 눈 냄새,
　나는 나의 도착하는 편지를 위해 밤새 문을 열어 두었
는데요,

　허리띠를 두 번 반 감은 조그만 여자들
　코가 길고 정적(靜的)으로 미친 여자들이 눈을 털며 도
착합니다

　어떻게 사나요?
　도깨비처럼 살지요

도깨비처럼 사는 게 무엇인가요?
저녁 식탁에 눈을 뿌리는 거지요

핑거 라이트

한 시가 있습니까
먼 데로, 먼 각도로, 멀리 꾸는 것

두 시를 주십시오
우리는 필요해 수정으로 만든 렌즈
초점 후에 눈부시게 부서질 것

세 시를 부릅시다
뒤꿈치가 분홍이고 정다운 사람들
고양이 귀에 선크림을 넉넉히 발라 주는 사람들

네 시가 필요합니다
목덜미만 봐도 뜨거운 사람
흰 양말 신은 발이 두툼하고 착한 사람

다섯 시를 부릅니다
한여름의 빨강에게도
얼마든 불을 나눠 주는 사람

여섯 시는 허락되었습니까
매일 날씨와 대화하는 사람
미래의 케이크를 부지런하게 반죽하는 사람

일곱 시를 깨워 주십시오
추위에 흑백인 사람에게 넉넉히
핀 조명을 비춰 줄 사람

여덟 시는 준비되었습니까
조그만 소녀들에게 장미 나무 보석함을
기쁘게 나눠 줄 사람

아홉 시는 괜찮습니까
저마다의 첫눈을 모두 기록하는 사람
배 속의 미러볼을 두드리며 유쾌하게 웃는 사람

열 시는 어떻습니까
파티가 끝나고 우는 여자에게
구두를 신겨 주는 사람

마지막 한 잔의 물을
기지개 켜는 달맞이꽃에게 양보할 사람

열한 시를 기도합니까
한밤중에 일어나 북극성을 닦는 사람
어제의 얼굴로는 춤출 수 없다며
꽃잎을 토하는 사람

열두 시, 계십니까
우리가 부르는 이름마다
머리 위의 차고 넉넉한 만년설
저 높은 파랑으로 존재하는

선량한 이웃

우리는
앙상한 말들로

(간결한 발걸음)

우리는, 한다
오, 친애하는 너에게

우리는,
(얼굴아 도망가지 말아라)

우리는,
배꼽의 이웃

두통이 올 때마다
몸이 삼차원임을 알듯이

네가 올 때마다
너, 두통처럼.

내 손가락은 점점 늘어 가고

(별 부스러기, 입가에 묻은 것들)

시간과 약속을

계속해서 껴입으며

(안개 묻힌 분홍)

멸종되지 않는 산책

우리,

배꼽의 제작자들

양파 껍질이 흩날리는 방

사생활의 구조에
커다란 실 꾸러미를 던지면
고양이가 뜯어 먹는다

사생활의 구조를
자꾸 베껴 그리지만,

사생활의 구조는 아름답지
깃털 빛나는 새들이 쿵쿵 죽어 가지

사생활의 구조에,
매달려 프로타주(frottage)

깃털은 눈에 묻지
그건 영원히 안 지워지지

점심 식탁엔
겨우 불을 스친 살점들
그것의 성냥불 묻은 맛

털 날리는 웃음을 빗고 나면
하루 종일 촛불과 놀지

한낮 밖에는 신선한 생식기
향기롭지 깨끗하지

고양이는 새를 데려오지
풍선처럼 물고 오지

사람들은 고양이만 쓰다듬어
사람들은 저마다 눈 맞았지

고양이의 깃털 쪽 뺨
깃털의 고양이 쪽 취미

나의 베개 동생

메밀밭에서 업어 온 막냇동생입니다
아버지, 나의 베개 동생이 꼬물꼬물합니다

베개 동생이 팥이고 콩인 채로 옆 동네 결명자인 채로
아버지, 여기 보셔요, 베개 동생이 눈을 뜹니다

그것을 파먹는 벌레가 가득히 신이 나고
그들이 벗은 껍질이 빨간 곡물 노란 곡물과
함께 우르르륵 우르르르륵
벌레는 자라고 고치를 잘 짓고, 그것은 감탄스럽고

아버지, 베개 동생이 커졌습니다, 자랐습니다
베개는 영유아 검진에 초대되고
줄줄 흘러 다닙니다, 늘어납니다

아버지, 새 베개 동생이 필요합니다
국화 밭에서 데려온 막냇동생이,
편백 나무 숲에서 주워 온 막냇동생이,

베개는 영유아 검진에 초대되고
베개는 키가 하위 일 퍼센트 베개는 몸무게가 하위 일
퍼센트

온 집안이 머리를 대고 걱정을 하고
베개에게 말을 시키고, 여보세요 여보세요,
베개는 목소리를 벌레처럼
왱알왱알 왱알왱알

아버지, 베개 동생이 옹알이를 합니다
투명한 오줌을 싸며 중세의 말을 합니다
웩슬러 지능 검사를 해야 합니다
언어 치료를 다녀야 합니다
전문가 상담을 받아야 합니다

아버지, 베개 동생의 발가락이 정말 길어요
손가락처럼 길어서 돌잡이를 아주 잘합니다

노란 곡물 빨간 곡물을 거둬요, 낫을
그리 야무지게 잡아요, 도리깨를 꺼내요, 휘둘러요, 아버지

이것 보셔요, 날콩을 훨훨 뿌리고
흰 국화를 베어 점괘를 읊고

영재원에 제보를 해야 합니다
방송국에 상담을 가야 합니다
아버지, 베개 동생이 편백 나무 큐브로 집을 올려요

아버지, 베개 동생이 식칼을 퉤퉤 던집니다
대근육 발달이 상위 오십 퍼센트, 핏줄이
절반이 흩어지고 아버지 목이
절반이 날아가고

아버지, 베개 동생의 눈동자가 아름다워요
잘라서 밥에 넣고,
썰어서 국에 넣고,
오려서 찌개에 넣으면

아버지, 밥상의 너덜대는 아버지,
차리느라 고생하셨습니다

아버지, 뜯긴 아버지,
머리털 나물이 간간합니다
아버지, 불지옥의 아버지,
손바닥에 태운 누룽지가 고소합니다

아버지, 베개 동생이 맛 좋습니다
아버지, 사랑하는 아버지,
베개 동생이 늘어납니다, 줄줄 흘러 다닙니다, 아버지,

아버지, 베개 동생이 여기에 있습니다
눈동자를 꽉 잠그고 고정한 채로

아버지, 죽은 국화 밭에 베개 업은 나는 이리도 많은데
아버지, 여기 동생이 안 보입니다

깃털처럼 가벼운 몸, 거대하게 부풀어,

데메테르, 이 대지의 주인이 될

와일드 오키드

도시의 삶에서
우리가 버무린 입술

그것을 바구니 가득 담아
모두에게 나누어 주는 일

지나치게 많은 창문에게
가난한 길고양이에게
미치광이 전신주에게

수제비 뜯듯 뚝뚝 뜯어
모두의 붉은 구멍에 덮어 주는 일

바구니에서 뚝뚝 듣는 것
금세 붉어진 거리
나의 사랑하는, 냉정한 비린내야

도시의 겨드랑에서 우리는,
어떻게든 춤을 마련했지

동화의 올을 풀어내어
그것으로 서로의 등을 수놓으며

그러나, 도시는 빠르게 걸어가고
우리는 겨울 행수저럼, 금세 춥고

앞이 뿌예져 수를 놓칠 때
서로의 입술에 물려 주는 것

묽은 시럽에 급히 담근
재생의 맛
재생이 끝난, 재생의,
맛, 아름다웠던,
다시,
폐기의 맛

비둘기 집의 원리
비둘기 집의 처마
우리는 그 바깥에 있고

우리 각자의 가슴께에서
흔들리는 검은 추
도시는 얼마든지 깜빡이고

사랑스러운 나의 미친 보풀 더미야
눈도 구멍도 없는 보풀 더미야

잠든 후의 피,
눈도 구멍도 없이
덩어리지고

우리 오래전 무너진
고분의 습기 속에
상한 소금과
상한 꿀 속에

님포마니악*

작고 젖은 새로서
검고 마르고 멈춘 영혼의 밑,
나는 기어 나왔습니다

나의 입 많고 젖은 털

채집자로서
조향사로서
조율사로서

아무의 어깨에 앉고
아무의 귀에 씨앗을 넣고
아무의 지독한 귀
뒤의 냄새
목덜미 냄새

구멍 난
아침 초콜릿 자루를
질질 끌고
마르고 느린 것에게 가면

이미 어두운 겨드랑,
금세
얼마든지 복숭아가 되어

뚝뚝 듣는 단물
더 많은 물을 주세요,
제발 주세요

오후의 공책은
저녁의 공책을 보호하므로

배로 기어 배에게

저녁의 공책은
밤의 공책을 보호하므로

내가 털을 빗어 줄게요

부딪고 쪼아 즙액 내면서

신 열매
난 열매
쓴 열매
좁은 혀 위에 모두 부려 놓고

수백 개의 꼬리
수십 개의 다리
한 개의 목소리

습관처럼 세어 보다가,

한낮 아래 빚은 반죽을
천장에 던져두고
그것이 떨어져 얼굴을 치댈 때까지
셋, 다섯, 여덟

* 라스 폰 트리에, 2013.

맥주와 감자와 애인

맥주와 감자와 애인과 나란히 서서
우리는 거울 상태에서

우리는 서로의 뒤통수와
어미의 지문이 묻은 머리 가마를 보면서

우리는 서로의 구황 식품
우리는 얌전히 앉아
서로의 거울 상태로서

우리는 뒤로 안은 채
더듬어 깍지를 끼고

구황 식품의 착한 기분으로
구황 식품의 뿌듯한 기분으로
구황 식품적 유익함으로

우리는 서로의 등을 짊어지고
못 박는다

우리는 같은 쌀을 처먹고
같은 국물을 흘리고
같은 글꼴로 생각하다
지저분하게 잠들었지

우리는 얼굴도 없이, 혈관을 기워 대고

거기엔 인과의 불량한 품질이
상한 채로 콸콸 흘러가고

시간으로 썻은 귀가 너무 많이 돋아난
있지, 여기는 온통 버섯밭이야

우리는 못 먹는 구황 식품으로서
일곱 구멍에 포자를 가득 담고

신생 혈관으로 꽉 찬 그림자를
도시의 괜한 밤에 물어뜯기며

맥주와 감자와 애인과
우리는 거울-상태

거의 모든 것의 유니콘

한밤중에 마스크 쓰고
그네 좀 탔습니다

온갖 단어들을 한 번씩 다
농사(動詞)시켜 주었습니다

몸을 뒤척일 때마다
고무로 빚은 지구가
굳었다가 녹았다가 하였습니다

공동 주택 위에 뜬 북극성
흰 천장은 새삼 정사각형
뜻밖의 종이접기

찬물을 삼키면 식도가 춥게 붙어서
간신히 연못 물이나 마셨습니다

손가락으로 온갖 녹색을 휘휘 감고서
개구리 알을 호호 불었어요

누가 대충 뜨개질한 풍경화 아래에서
한 번씩 얻어먹는 애매한 밥과
꼭 그만큼 맞춤하게 애매한 실수들

음, 뿌리로 끓인 차에서는
아무 맛도 나지 않는데

나란히 마시는 투 플러스 원 맥주와
일삼은 삼 이삼은 육 삼삼은 구
고양이 울음소리가 이럴 때 나면 어때요

왠지 영원히 살 것만 같은
늙은 가죽의 질감과
비둘기들이 자꾸 와서 앉았다 간 흔적

내가 오래전 여름 방학 숙제로 내다 버린 곳
비 맞고 냄새나고 제멋대로 온갖 생물이 자라 버린 곳

베개는 아직도 차가운데
녹슬고 많이 긁어서 진작에 빨개진 감정

이런, 아침의 개구리가 결국 깨어났습니다
호르몬에 미진 긴 목 소녀가 발가벗고서
잠자리채를 마구 휘둘러요

프러시안 블루

내가 마련해 둔 날짜에는 빈 병이 있고
네가 던진 미친 잉크병은 아직도 돌고 있어

있잖아,
미리 달려가서 던진 꽃다발은
모두 미리 상해 있었지

계절의 큰 문이 다시 열리면,

젖은 스테이크를 썰고 있는
젖은 하객들
유리 눈을 검게 뜬 동물들

있잖아,
바람은 서랍 속에서나 몰래 불잖아
동물의 편지만 가득 휘날려

주머니엔 말린 과일과 꽃들
몇 조각의 옛날 보라, 바랜 남색

미래에서 불어온 지우개 가루

아침은 나무에 엉긴 채로
잘못 진행되고 있어

모든 속성들을 담아 너희가 진정한 시체다

무릎은 잠자고
수염은 취할 때,
우리는 느리게 구근이 되어 가

엉덩이 드라이브

어쩌다 서로의 가장 얄미운 데에
음, 헐렁한 엉덩이
척척 귀신같이 스미는
음, 닳고 닳은 엉덩이

어쩌다 서로의 가장 애매한 데에
음, 엉덩이, 흐물한
가장 이름 없는 데를
간질이는 정신 나간
엉덩이, 관계의 엉덩이

엉덩이, 살아 있었고 살아서
움직였고, 움직이고 여기저기
얼마든지, 글쎄 세상의

온갖 고기 망치의 법칙은
시퍼런데, 시퍼런데, 시퍼렇게

나름의 고기 망치로 다스려야 하는

솟아나는 그런 것들, 살이
움직였고 살이, 살아 있었고

제일 오래된 엉덩이의 저쪽
잉딩이의 버려진 엉덩이의 서

잊혀진 사사분면, 쫓겨난
비둘기랑 제비랑 흔해 터진
구별도 안 되는 날개 짐승들이랑

저기 무효가 된 엉덩이의,
북향 엉덩이의 흠 문 닫은
목욕탕의, 마감된 비린내의

엉덩이의 기도, *지은 죄는 잊으시고*
지을 죄는 사하소서, 나부끼는
엉덩이의, 세상의 얼룩과 세상의
그림자에 대한 그런
짓무른 기도,

뒤로 퍼먹는 잠 속에서
늙은 노랑, 문드러진 노랑,
곰팡이 노랑, 농축된 노랑,

저기 없는 엉덩이의, 곱게 뒤진
엉덩이의, 탄생 직후 바래 버리는
계절의 지독한 가랑이, 지독한
엉덩이, 홀린 노랑, 변색하는,

특정한 법으로 조깅하는
엉덩이, 홀린 엉덩이, 호르몬
엉덩이, 우리가

엉덩이의 동공으로 보는 법
아침마다 심장께에 붙이는
차갑고 물큰한, 다 식은 엉덩이
죽은 엉덩이 고기 엉덩이

무디고 시든 엉덩이, 물 많이 먹는 엉덩이
걷다 보니 취하고 자꾸 다 먹은
종이컵 밑바닥 엉덩이

아무 데에서나 합석하는 몹쓸
엉덩이, 불알을 방석처럼
깔고 앉는 어쩔 수 없는 엉덩이

엉덩이는 창문을 다 열어 놓고
희고 차갑게 달처럼 있고
사람들은 정말 말도 안 되게

건강하고 힘이 세서 맥주를
엄청 마시고, 배 속에서 다 같이
행복하게 합석하고

우리 노래합시다, 엉덩이, 맨 안쪽
교회 의자 엉덩이, 성가대에서
반쯤 썰린 엉덩이, 포도주 통

타고 노는 엉덩이, 주머니에서
얼른 오려 바친 엉덩이

엉덩이는 창문을 다 열어 놓고
희고 새침하게, 정말 달처럼
있고 엉덩이를 따라 튼튼한

사람들의 밀물과 썰물과, *우리*
노래합시다, 아침까지, 양말의
누런 글씨를 엉덩이가 이만큼
남길 때까지

자신이 정해 놓은 팬티대로 살고
누구보다 대장(大腸)의 감각대로 사는 엉덩이들

서로를 찢어 놓고 다시 깁다 만,
기형과 별종의 정원에서
이것은 꽃핀 엉덩이

캐주얼하게 하는 인사

좋은 아침, 아무래도
잘못 뜬 태양은 아침
일곱 시부터 미쳐 있구요

좋은 아침, 오늘 당신은
젖가슴을 수도 없이
챙겨서 나왔군요,
좋은 아침, 좋은 아침

안녕하세요
내 바구니도 보실 텐가요
아침 수확 덩어리, 두꺼운 냄새,
오래오래 씻을 수밖에 없는

아침 태도, 알 감자 크기의,
안녕, 둥글고
쪼글쪼글 절여져 검어질

안녕들하신가요,

사실은 미끈한,
애송이, 둥근,

안녕하셨나요
피곤한 사람들의 도로에서 풍기는
오줌 냄새, 썩은 바나나 자국

아침 마음, 햇양파 크기의,
굿모닝, 둥글고,
늙은 껍질 뒤집어쓴

있잖아요, 눈 감고 보면,
사실은, 은근히,
달게 감기는, 둥근,

잘 주무셨나요,
아침 배고픔, 유구한,
천년짜리 지속된 불쾌

솔직히 말한다면,
사실은, 툭하면,
싹터 버리는, 눙근,

밤새 씽안하셨습니까
오, 저기 몰래 굴러가는
제 아침 덩어리 좀 잡아 주실래요

충동이 흔한 계절,
사람들은 철새 알을 훔쳐 구워 먹고요

당신도 굿모닝. 먼지 구덩이로 굴러간
아침을, 우리 씻으러 갑시다

물도 빛도 흔한 계절,
식물들은 아무 데서나 열광적으로 자라고

심장이 흔한 계절,
몇 개의 다리와 몇 개의 머리

잘 주무셨나요,
왜 언제나
머리만 부족한지 혹시,
아시는지요

좋은 아침, 어쩜 사랑마저 흔한 계절,
사람들의 위장마다
넝쿨 장미가 흘러넘치고

안녕하셨죠, 마음이 굴러간 자리에
굿모닝, 개미도 목마를,
쓸모없는 물 얼룩

당신들, 온갖 당신들, 안녕하세요
비린내가 흔한 계절,
우리 머리를 부수는 방식으로,
아침, 자비 없는,

2부

생일

눈이 오고,
엄마가 나를 낳는다

(나는 커다랗게 잠을 잔다)

엄마랑 나랑 사이좋게 피를 흘린다
죽고 없는 여자들이 우중우중 모여든다

눈은 오고,
엄마는 나를 낳는다

나는 애인의 머리칼을 손으로 빗어 준다
발가벗은 여자들이 우줄우줄 춤을 춘다

엄마를 입고 미끄러운 구두를 신었다
아무도 안 왔다
눈도 안 왔다

녹아요

하루 종일 손톱을 뜯을 때,
검정 셋, 노랑 하나
어쩔 줄 몰라 하는 혓바닥
빨강 하나, 파랑 둘
시간이 물감처럼 풀리고
다시 검정 셋, 노랑 하나
녹아 없어지는 것들의 하품

서로 아랫배를 문지르며 웃는 여자와 흙 반죽
은은하게 흐르는 나이 많은 이야기

몰래 몰래 부푼 것들
(이가 나지 않는 풀들)
쑥스러워 짧은 순간
(살이 어린 소년들)
빨강 하나, 파랑 둘

물 오른 기둥,
오로롱

하품 속 비린내
그악스러운 녹색이 짓쳐들어오기 전

오늘의 난로에 살덩어리가 가득할 때

속삭이는 것처럼

그는 녹물로 내 이름을 적었다
오래된 악마처럼

그리고
나는 그게
좋았다

가만히 앉아서
살이
형편없이 내리는
소리를
들었다

점들이 길게 누웠고
바닥을 손톱들이 덮었다
단 한 번도 가지 않았던 쪽으로
혓바닥이 쓰러졌다

지난 계절의 홍수를 따라

낯선 도시의 이름을 따라 읽었다
새치를 뽑는 것처럼
조심스럽게

시계도 못 보는 그가
지도를 들고 뛰어갔다

살로 만들어진 달이
높이 떴다

아침마다 젖은
머리털이 버거웠고

죽고 없는 내
물고기들이
좋은 비린내를 풍겼다

당의정을 핥기에
내 혀는 너무도 컸다

식구

머릿속에서 자라는 충충한 우물
물을 길어다 제 핏줄을 빨고 있는 여자

(문지를 수 없는 것과 아주 오래된 티눈)

젖은 꾸러미를 들고 엉거주춤 서 있을 때
쌍둥이 동생이 찾아와
최후의 박치기를 청했다

끝까지 그악스러운 검고 젖은 머리털
거기에 매달려 입을 닫고 관전 중인 식구들

여자가 갈비뼈를 뽑아 힘껏 던지자
식구들은 그것을 따라 우우 몰려 나갔다

껍데기를 벗고, 딸깍
(빈혈 냄새가 퍼지며 평화롭게 암전)

젊은 사람들끼리 하는 인사

둘이 월세 낸 방에
셋이 누워서
비 오던 여름방학을 생각했지

자리는 사라졌는데
사세는 계속 남아서
워터 미 슈거 미 메리 미

둘이 월세 낸 방에
셋이 누워서
우리는 여름방학 아르바이트생 표정을 하고

그 커피 자국은 도저히
다시 만들 수가 없는데
그램 그램 밀리그램

우리가 구사했던 동사 몇 개, 명사 몇 개
짤랑짤랑 거스름 동전처럼
먼지 반죽과 늙은 꼬리
워터 미 슈거 미 메리 미

둘이 월세 낸 방에
셋이 누워서
우리는 여름방학 강제 자원봉사자 표정을 하고

머리 위엔 얼기설기 꿰맨 경험과
각자의 뿌듯함을 불어 만든 지구본
워터 미 슈거 미 메리 미

얘, 우리 안부에 언제 시제(時制)가 있었니
아마도, 인샬라, 아마도, 비둘기 털

누워 있으면 우리는 더 웃기고
우리는 더 빨리 낡고, 샘솟는
취한 사람만의 이상한 선의

메리 미 워터 미 슈거 미 메리 미

우리가 나란히 듣는 노래

싸구려 화음이 마음을 짚고 일어나면
벌겋게 눌린 데에 고이는 흔한 빗물

안녕, 납작한 고통들
워터 미 슈거 미 메리 미
안녕, 기쁨의 시차들
슈거 미 메리 미 워터 미

셋이 월세 낸 방에
둘이 누워서
젖은 머리를 늘어뜨리고
우리는 해감 중인 조개처럼

아무리 춤을 추어도
이것은 군무(群舞)가 되지 않아서

얘, 생물은 늘 물컹하더라
젖은 고양이처럼
냄새나는 밀가루 인형처럼

더 데일리 휴먼 빙6

장미들이 끓어 넘쳐요
고양이 이름만 하나 얻었습니다

주머니 속에는 *까끌까끌한*
송곳니, 수염, 다량의 젖꼭지
오늘의 신선한 복채

생각은 지구처럼 둥글고, 그러나
저 멀리 낮잠처럼 맴도는 계절

주머니 속에선 그르렁, 잠든 이름 하나
진동, 끔찍한 망상, 새하얀 배고픔
매진된 오늘의 특선

오래된 석양, 장미 떼는 이글댑니다
테이블에서 질질 흐르는 몇 병의 빵들
주의자의 맥주, 주의자의 선언문

여름이 특유의 냄새로

여름이 잘 알아서
자꾸만 킬킬대는 섬뜩한 것

계절은 지구처럼 기울고
달처럼 달아나는 넝어리, 생각, 오늘용 난어들

정신이 간병한 몸을 질질 끌고서
소금으로 가득한 속을 줄줄 흘리며
앉습니다, 죽은 꽃의 전개도

여름의 상한 배에서 흘러나온 이야기들
다리가 온통 많아 너무 바쁜 비밀들

테이블, 끓어넘친 열기만 남은,
고양이 가죽 주머니, 검은 맥주, 굳은 송곳니

단(單)

오래전에 귀를 잃은 여자가 있었다
그는 외톨이 수다쟁이가 되었다

오래전에 입을 잃은 여자가 있었다
그의 말을 썰어 그의 표정에 달구어 그의 눈물을 찍어
먹으며
머리를 부풀리던 사람들이 모두 잠잠해졌다

한숨이 많았고
키스는 없었다

모레의 없음

내일은 꽃다발의 날
오늘은 경계의 날
오늘은 꽃을 꺾어 두는 날
오늘은 뿌리가 없는 날
어제는 샐러드의 날
오늘은 이웃의 샐러드의 날
어제는 오늘
오늘은 경계의 날
오늘의 꽃,
어제의 삶은 샐러드
내일의 삶은 꽃
내일의 허전한 삶은 꽃
내일의 이웃의 허전한 꽃병과 마당
어제의 이웃의 배고픔
내일의 삶은 꽃의 냄새의 어제
오늘의 불안함의 내일의 잘 익은 꽃
어제의 이웃의 불안함의 꽃병의 아스피린
내일의 곤두선 꽃의 피곤함
어제의 없는 꽃의 행복함

내일의 삶은 꽃에 둘러앉은 식은 샐러드
오늘의 식탁을 덮는 이웃의 샐러드의 무성함
어제의 꽃다발의 화려함

상상이 지치면
오늘은 넘어져
오로지 멍처럼 남는 회상의 더미

그 속에 들어앉은
노파가 샐러드를 한 입 물면

잦은 비와 이상 고온,
내려앉는 부패한 녹색들

더 데일리 휴먼 빙4

재채기만 해도 끝나는 사랑인데
머리털은 왜 이리 끝도 없이 나올까요

침대를 내다 버렸습니다
수장(水葬)된 남자들이랍니다

온 동네 벤치의 엉덩이들이
한 침대에 모여듭니다

(연못처럼 복잡하고 건더기 많은 곳)

밤의 내장은 잔뜩 늘어져
우리의 무릎까지 닿았다구요

알잖아요, 주말의 검은 빨래
알잖아요, 세상에 퍼진 수많은 껌 맛
잘 알잖아요, 바깥에서 우는 사람

밤은 멍청하게 입 벌렸죠

흐르는 침에 축축한 정수리들

알잖아요, 악취 속에 죽어 간 우리의 어린 목마
알잖아요, 전국 다락방 속 주부들의 지점토 시계에서 포
도가 송이송이 터지는 것

내가 나의 스웨터 마을에서
크게 재채기 하면
지도가 온통 젖어 버리구요

마음에 매달린 나프탈렌,
형편없이 냄새 풍기며 흔들립니다

(이것은 엄밀히 배와 가슴의 문제)

분명 마을 경계 수목 한계선에는
아직 흑백인 사랑이
곤히 잠들어 있구요

(이곳은 잘못 낳은 알처럼 추워)

그래도 나는 코를 문지르며
스웨터 마을 입장을 기다린답니다

알잖아요, 시간에 입 맞추면 또 엉망인 이야기가 있다는 것
알잖아요, 조용히 입천장을 맛보는 시간
잘 알잖아요, 진동하는 풍선 냄새

비밀 예배

음, 내가 아침에 낳은 노란 알
처음에는 지나치게 뜨거웠고
얼마 후에는 쓸모없이 미지근했죠

한기가 올라오면,
액체 폭죽에다 왼손을 담그고
천천히 경단을 빚었습니다

불행, 이라고 커다랗게 적고 나서
그 위에 누우면

피로한 천사가 날개를
탈탈 털어 주고 바쁘게 떠났습니다

정전기에도 펑펑 터지는
악수와 포옹의 정제된 미립자들

혼자 감동받아 경련하는 왼손은
날씨에 실컷 노출되었습니다

내 마음은 다 그을려 냄새나는 고기가 됐지만
유머는 다행히 아직 배가 하얗습니다

소녀들의 시제는 남달라서
아침과 점심과 저녁이
한꺼번에 달려와서 급식 먹었고

사춘기적 사랑은
천수답에 거꾸로 꽂힌 채
알아서 잘 자라고 있었습니다

아름답고 시든 남의 부케를 먹는
나의 말 없고 착한 고양이

이후, 괴물이 입으로 뜯어 바친 꽃을 보며
사나운 미인들이 크게 웃었답니다

누더기와 뼈

이곳은 소문으로 삭고
거짓말로 내려앉은 침대

늙어 버린 개처럼
큰 귀를 늘어뜨리면

알약으로 가득 찬 위장을
덜그럭덜그럭 끌고서
사람들이 찾아오는 소리

그 뛰노는 죽은 비밀들에
잠자리가 붐빈다는 것
잠자리가 헐떡인다는 것

이곳은 낮의 분비를 위해
밤의 수액을 맞는 곳

흥분한 고양이처럼
손톱을 꺼내면

이것은 밤을 긁고 반죽하는 손
모래주머니를 열어 흩뿌리는 손

내가 남몰래 빚었다가
내다 버린 행성들이 돌아올 때에

미친 여자들의 무덤이
자꾸만 울룩불룩 솟아오르고

무덤은 셀수록 많고
셀 때마다 달라서

연유처럼 여자들이
알 수 없이 새어 나올 때

여자들이 오도독오도독
다 상한 밤마다 깨어나서
사탕처럼 깨 먹는, 빛 없는 별

구름이 커튼 사이로 밀려오는 이곳은
모든 것이 잊히고 미치는 이곳은
사탕 껍질로 시끄러운 침대

부지런히 걸어가는 진흙 다리 여자들
젖은 얼음 발바닥 여자들

2월

이빨 솟는다

수굿수굿한 고개들
낡아 빠진 털 코트를 입고
물 마시는 사람들

창백하고
얼룩덜룩하다

물 끓는다
허벅지 데워야지

수굿수굿한 고개들
더운 손이 퍼내는 흰 술과
추운 손이 퍼내는 검은 술

이 햇빛은 여러 차례 세탁되었다

낡고 커다란 스타킹을

추켜올리는 터진 소문과
잠자는 큰 고양이

밀수된 주머니는
생물 도감으로 무겁다

핑크 인 디 애프터눈

가슴 위로 쿵,
하고 떨어진
젖은 파랑

그것을 꺼안고 갑니다

젖은 이를 볼에다가,
이렇게,

젖은 이를,
곰 인형처럼
뚜덕뚜덕 안습니다

젖은 이는 번지고

젖은 이는 파랗고
푸르게 흰 치아를 내놓고
웃습니다, 큰 입술,

파란 볼을 감싸 쥐고
파란 손톱으로

하루를 새겨 보면요,
빗금들, 동그라미들,
주워 들고 꿰다 보면요

아기 주먹 같은,
작은 근육이 덜 자란,
방향보다 본능 큰 것이
치솟아 올라

명치 같은 데를
툭,
칠 때가 있습니다

퍼렇던 얼굴이
잘 삶은 분홍으로
급히

부푸는 동안,

벗으려던 스타킹을 잊고
한쪽만 희고 매끈한 다리를 하고
힌첨욜 문지르는 동안에,

있잖아요,
그런 기화의 순간 앞에서

저마다의 이름표를 단 채
부지런히 썩어 가는 샬레들과

그런 증류수의 시간 속에

선지처럼 잃는,
냉증의 것

여름의 입마개를 누가 훔쳐 갔나요

한때 눈사람으로 붐비던 공터는 왜
풀만 무성합니까

지나치게 익어 다 부서져 버린
시간을 어떻게 하나요

나를 문지른 거울들
녹아 버린 계절의 립스틱

젖은 파랑
젖은 파랑

유리병 속에서 굳은 잉크로
덜그럭대는,

숨이 덥고
살이 더운

산 것 특유의 구린내

3부

봄

(계속해서 따뜻해질 거라는 희망)

지난 계절 동안 실방에 재워 누었던 곰을 꺼내 한 조각
맛을 봅니다

무언가를 키우는 사람의 마음으로
만져 보는 촉촉한 털

(그 손바닥은 녹슬지 않아요)

그렇게 나는 물을 주는 표정을 하고
검고 마른 것들의 허리를 안아 줍니다

(꽃은 식지 않아요)

서둘러서, 짧게 허락된 입맞춤을 심을 시간입니다

디어 라넌큘러스

미스터 라넌큘러스,
나의 수학자가 되어 주시겠어요?

다 우려낸 찻잎으로 구성된
나의 시든 숲에서

미스터 라넌큘러스
충분히, 충분히, 안아 주실 수 있겠어요?

여기 수염 주머니에 가득한 것,
부러진 손가락이 갈겨쓴 쪽지를

미스터 라넌큘러스
앙상한 뼈의 궤도,
우리가 올라타 견디는 차가운 봄의 운항

미스터 라넌큘러스
당신은 아직 사랑하나요?
당신은 참고 있나요, 사랑?

몸의 안쪽을
부서신 손바닥이 힘껏 후려치는,
진동, 궤도, 한없음, 낙하

식고 젖은 찻잎을 삼키는
나는 이빨 없는 짐승,
죽은 숲은 손바닥에 쌓이고

미스터 라넌큘러스
당신은 아직 사랑하나요?
당신은 삼켰나요, 사랑?

나의 수학자, 미스터 라넌큘러스
앙상한 궤도를 촘촘히 기록하는
당신의 부피, 당신의 꽃잎

젖은 찻잎이 넘치는 습지
이곳은 당신 전생(前生)의 고향

미스터 라넌큘러스
당신은 아직 사랑하나요?
당신은 훔쳤나요, 사랑?

이제와 항상 영원히

아침의 잇몸은 언제나 가난하고 연합니다
매일 뱉는 한 사발의, 이 소중한 피

붉고 좁은 목구멍으로 얼굴을 밀어 넣으면
이렇게 희고 앙상하고 아름다운 가슴
진동하는 냄새에도 불구하고
얼마든지 자라는 젖은 털과 마른 손톱

여전히 우리의 혀는 축축합니다
우리의 입천장은 건강합니다
우리의 폐는 아직 *끄떡없습니다*

가장 어두운 때, 잠자다가 일어나서 암점으로 들어가는
자, 향수를 마시고 춤추는 자, 눈에 꿀을 바르고 밤의 글
을 밤으로 쓰는 자, *이제와항상영원히*

고작해야 잡화점 유리창 따위에 매달렸다가 돌아올 때
라도
기울어진 어깨를 안고 비척비척 걸어갈 때라도

아 징그럽게도 꾸준히 집으로 돌아올 때
누군가가 자꾸만 배꼽을 열어 볼지라도

너무 오래 수영을 하다가 치즈가 되어 버린 소녀라든가
스스로의 목젖을 빨아 대다가 굶어 죽은 소년이라든가
옆 마을 인공 포육장의 평화에 대한 무서운 이야기가
우리의 단출한 저녁 식탁을 떠돈다고 하더라도

우리 배 속에 담은 우리의 눈을 뜬 채,
한 동이의 성수로 속을 적시며
내일의 피를 조제하면서
처음과같이이제와항상영원히

친애하는 초록에게

가슴에 녹색 주머니가 많습니다, 주렁주렁
나는 거의 청포도 됐습니다

알알이 성질 다른
알알이 주장하는
알알이 각자의 우주라는

씨앗에 과수원이 들었다는
그런 흔한 경구의

내가 나의 작은 포도 손님
짊어지고 이렇게 나는 거의
과수원 됐습니다

알알이 사연, 알알이
저마다 개발한 문자들
알알이 각자의 심장, 잠꼬대,

내가 나의 작은 포도 손님

이렇게 짊어지고, 같이 큰 소나기 맞고
나는 거의 과수원 됐습니다

각각의 심장이
아주 늦은 밤에 아주 달리면
머리털 날리며 도착하는 주머니 손님들

나의 작은 포도 손님, 웅성거리는
나의 작은 포도 손님, 금방금방
잘 썩어서 오래된 잔에 찰랑하게 감기는

나의 작은 포도 손님,
코피와 덩어리를 주관하는

나의 작은 포도 손님, 다른 손님에
잘도 취하는, 길 잃고
다시는 돌아오지 못하는

나의 작은 포도 손님

감정 수레의 늙은 당나귀
가짜 연애집의 제1저자이자
내장 사정의 근엄한 주관자

나의 작은 포도 손님, 햇빛에
수시로 뜯기는, 다른 포도
뒤집어쓰고 딸꾹질, 엄청 잘하는

나의 작은 포도 손님, 떼떼굴,
나름 구르는 재주는 괜찮은

나의 작은 주머니,
정수리에 나름 청량한 달빛을 팔랑팔랑 달고
그럴듯하게 씩씩하게 코 고는

나의 작은 포도,
현기증과 그 냄새의 여왕

나의 손님, 나의 법 없는 주인

모난 정수리를 높게 단
목욕물과 두드러기의 왕

매일의 미세하고 엉망인 날씨 속에
없는 이빨로 밤을 밤새, 기어이 뜯어 먹는

밤이 자꾸 빚어 놓는 반복의 얼굴
밤이 또 뚫어 놓고 도망간
나의 친애하는, 투쟁의 초록

크레이지 서울 라이프

귀찮은 수학 선생이 던져 준 문제는
아무리 예쁘게 풀어도
무한 소수로 질질 흐르던 걸요

엉, 느, 트와
절대적으로 안 끝나는 숫자를
꺄트흐, 쌩, 시스
사람들이 한 줌씩 만져 봅니다

눈 감으면 코 베인다고
하나, 둘, 셋
역사와 전통 따라 만져 보는
넷, 다섯, 여섯
나의 높고 솟은 코

숫자는 얼떨결에
이만큼 쌓였는데,
시장의 암호가 돼 버렸는데,

손발톱이 삼겹
송곳니가 세 개
목소리도 삼겹인
대단한 업자들

나의 크게 솟은 코 위에서
희망은 날달걀처럼 찰랑찰랑,
(식초랑 간장이랑 유기농, 있습니다)

웃음도 삼겹인 대단한 아저씨와
존재 자체가 삼겹인 엄청난 언니들

엉, 드, 트와
얌전하게 꽃소금
꺄트흐, 쌩, 시스
한 번씩, 굵은 소금

나는 생수랑 밀가루 주물러서
배부르기에 익숙한데요

여섯, 다섯, 넷
큰 코는 조심해서 꺼내야 해요
셋, 하나, 둘
밀가루가 사꾸 도낭가니까

트와, 드, 엉
소수는 푸슬푸슬 이어집니다
엉, 드, 트와
흔한 희망은 곤죽으로 익어 가구요
(설탕이랑 달걀, 매우 한때 유기농)

꺄트흐, 쌩, 시스,
여고 시절의 내가 부어오른 채
다섯, 셋, 둘
불행하게 숫자 세고 있어요

사투리가 삼겹,
삼백안이 반짝,

가르마가 세 개,

학교 지하실 갱지를 다 써도
숫자는 팔 아프게 이만큼 쌓이던데,

배꼽이 세 개,
왼뺨이 석 대,
오른뺨이 여섯 대,

거기에 늙은 고양이가
오줌을 갈기던데,

전직 여고생의 긴 코는 아직도 곤란하고
삼겹 샌드위치는 씹어도 씹어도
글쎄 삼킬 수가 없던데,

엉, 드, 트와
곤달걀의 맛, 돌아옵니다

만사가 귀찮은 수학 선생은,
금테가 삼겹, 금니가 석 대,
지치지도 않는 걸요
혀뿌리가 세 줄기, 누런 비계 아홉 근,

미래의 크리스마스 초는 이미,
엉, 드, 트와
몽땅 녹아 케이크를 덮었습니다

리빙 데드

빵 냄새가 가득하다
곰이 익어 가는 냄새

단정한 입매들이 냉정하게 웃는다
(그들이 충분히 신사답도록 회색을 오십 퍼센트 주입)

밀가루가 부푼다, 설탕이 녹는다
자꾸 추운 나는 오븐으로 기어든다
  말처럼 많이 먹고 손을 말리는 사이에, 흰곰이 돌아와서
죽었다 사실 곰은 없었다 자꾸자꾸 곰 생각을 한다

아버지는 동물원 관리인이었다
'우리 집에 가면 흰곰이 있어.'
(탈출하는 곰이 아빠를 먹는다)

마흔두 장의 증명사진은
엄마의 쉰네 번째 케이크를 폭격했지
(신뢰감 넘치도록)

아버지는 그게 아니라 사육사였다고 한다
'우리 집 곰은 조용하고 털도 안 날려.'
(말 없는 곰이 아빠를 꺼안다가 그만 부서뜨린다)

그럼을 저바른 할머니는 지팡이를 커다랗게 저어 대고
그에 박자 맞추어 할아버지는 씩씩한 팔뚝질을
(수염에 붙은 사발면을 연신 빨아 댈 것)

기록된 바에 따르면, 아버지는 위대한 사냥꾼이었다고
한다
'아니 우리 집 곰이 어제 도망을 갔지 뭐니.'
(곰이 집을 착착 접어 어깨에 메고 나간다)

설탕과 밀가루로 범벅이 된
우리의 스위트, 스위트, 스위트 홈

아버지는 볼륨 십사의 시끄러운 거실에서 혀를 찬다
마구 채점된 졸필(拙筆)의 덩어리를 베고서
아버지는 두툼하게 누워 있다, 유령답게

나는 불행하게도 곰을 가지고 싶었다
데코레이션, 굳은 피

빵 냄새가 지독하다
내 손가락이 타는 냄새

아기
—곰이 되고 싶어요*

오랜 여행을 한 새가 찾아온 아침
엄마는 새를 물에 헹궈 빨랫줄에 널어놓았다

여기에, 냄새 좋고 부드러운 아기

엄마는 아기를 밭에 심고 서 말씩 물을 주었다
아기는 하루에 세 뼘씩 자랐다
말캉한 아기를 안고 엄마는 노래를 했다

아가 아가 예쁜 아가
토끼가 와서 이마 위에 빨간 눈을 그려 주고 갔다

아가 아가 예쁜 아가
닭이 와서 알을 씌워 주고 갔다

아가 아가 예쁜 아가
양이 와서 털을 나눠 주고 갔다

어느 날 아기가 밭에서 나와 기지개를 켰다

엄마는 아기의 피가 진해진 것을 알았다
단단한 아기를 안고 엄마는 천천히 울었다

아가 아가 다 큰 아가
말이 찾아와 탐을 냈다
아쉽다며 갈기 하나 심어 주고 갔다

아가 아가 다 큰 아가
용이 찾아와 탐을 냈다
안타깝다며 불씨 하나 쥐어 주고 갔다

아가 아가 우리 아가
호랑이가 찾아와 탐을 냈다
아깝다며 줄무늬 하나 새겨 주고 갔다

누워 있던 엄마는 툭툭 일어나 곰 가죽 가방에 아기를
넣었다
다 마른 새를 걷어다가 새것처럼 다림질해 보냈다

멀리서 곰이 찾아와 쿵쿵 데리고 갔다

아기는 말보다 빠르고 화약에도 놀라지 않는, 호랑이보
다도 센 곰이 되었다

* 야니크 하스트럽, 2002.

토끼의 식탁

토끼가 앞발로 가져다준 토끼적 가치관들
부드러운 토끼털
솜 냄새 솜 냄새 푸푸푸 솜 냄새
부드러운 털이 내 머리를 꼬옥 끌어안는다
(힘 있는 뒷다리처럼)
안정되어 가는 나의 뇌
털 묻은 뇌
털에 대한 생각들
섬세한
생각들
집요한 생각들 중독적인
생각들
털적인, 느린 세계
붉고 희고 붉고 희고 선명한
(이것은 핏덩어리인가 살덩어리인가)
토끼적 세계
겁 많은 세계
(도망을 간다)
부드러운 세계

눈밭 눈밭 눈밭

(그러나 뛰지 못하며)

백색의 세계

붉은 동공의 세계

말 없는 세계

털 묻은 신경질

물근물근한 털들이 귀에서 자랄 때

입안에 가득한 털

에취 에취 분분한 털

안녕 안녕

입에서 털을 풀풀 날리면서

토끼식 감정 위대한 감정

구멍마다 털을 후후 불어넣으며

토끼적 기분

토끼적 부드러움

토끼의 저 기다란 혀

엄마

엄마가 왼쪽으로 늙었다
북서풍을 모로 맞고
엄마가 꾸덕꾸덕 늙는다

유전자의 유전자인 그는
말라와 해라와 어떻겠니로
내 속에 삼단같이 살지만,

엄마의 왼쪽이 투명해진다
바람이, 바람이
엄마의 왼쪽을 닳게 한다

할로윈 드롭스

내가 나를 길들인 사실 그대로,
지붕이 있는, 그러나 지붕만 있는
이 침몰한 섬에서,
나는 우울한 처녀와 밤새 껴안고 잠잔다.
언니는 우울한 혀로 내 가슴을 맛보고
세상의 모든 형용사를 가져와서
밤새 그 맛에 대해서 설명해 주지.
왼쪽 가슴의 전쟁의 맛과
오른쪽 가슴의 축제의 맛에 대해서.
그래도 알 게 뭔가요,
나는 아무나랑 잠들고
아무 데에서나 심장은 달려가고
하수구에서는 배꼽이 자꾸 탈출하는데.
언니의 뺨, 매우 더럽고,
그래도 나는 손을 뻗고,
만져지지 않는 수염과
윤이 난 사과 같은, 죄 지은 뺨
윤이 난 내 가슴
언니는 우울한 혀로 내 가슴을 살피고

툭 떨어진 커다란 심장,
밤새 그 화학의 맛에 대해 말해 주고
지붕만 있는 침몰한 섬에
유령의 배들이 낡은 닻을 던지고.
나는 언니의 검은 구름 같은 머리털에
차가운 손가락을 꽂아 넣고,
그들이 그들을 길들인 방식 그대로.

진흙의 기원

사과는 둥그렇고 공중에 있고
사과는 안광(眼光)을 내뿜고
사과는 쑥쑥하나
사과는 사과의 기압이 있고
사과는 사과의 중력이 있다

사과의 냄새는 좋다
사과는 사과의 생각을 하고
사과는 사과의 중력을 피우고

사과의 매듭을 지으면
사과는 터진다

사과는 이상한 색깔이고
닫힌 사과는 조용하다

사과에게 사과라고 하면
사과는 사과가 되면서
사과는 조각난다

사과는 잘 헤엄치고
사과는 사과의 씨를 가지고
사과처럼 줄어든다
사람들은 사과에게 가고
사과의 키를 묻는다
사과의 키는 작아지고
사과는 닫힌다
사과의 씨에는 사과가 없다

사과는 사과를 쳐다보고
그렇지만 사과는 줄어들고
작아진 사과를 사람들은
손바닥에 놓고
입안에 넣고
굴린다

사과는 냄새가 나지 않고
사과의 사과였던 무엇,

사과는 사과를 쳐다보고
사과는 사과를 젓는다
사과의 분홍 채찍과 국자

사과는 사과가 굳지 않도록
사과는 물을 마시고
사과는 사과가 굳지 않도록
사과는 사과의 칼집

사과의 채찍과 국자에는
사과의 잉여에는
사과의 증발에는
사과의 윤곽에는

사과의 살이 있어서
사람들이 모여들어 먹고 마신다
사람들은
제작한다,

사람들은

사과는 사 — 과라고 미리 말하고
사과는 사 — 과의 매끈함에 대해서 미리 생각한다

품속의 사과
사과계의 상식과
사과계의 일반
사과업의 가죽

벌레와 벌레 먹은 치아가
사 — 과를 베어 물 때에

우리는 사과의 갈변으로서 하나의 사과,
우리는 사과의 갈변에 대해서
사과에 뺨을 문지르며 걸어가는 것이다

당신은 뭐가 좋아서 그렇게 웃습니까

펠리컨이 날아간다
형편없이 붉게 익은 늙은이를 담고

펠리컨은 진주 목걸이와 알 반지를 쩔렁이며
푸드덕 푸드덕 날아간다
펠리컨의 부리 안쪽에서
알 반지와 진주 목걸이는 노력한다
신선한 생선처럼
붉은 살 생선처럼
살점은 풍성하다
오늘의 식탁!
오늘의 식탁!

펠리컨은 간지럽고 쓰리지만 그것은
펠리컨이 정말 펠리컨이 된
펠리컨적인 펠리컨 기분
펠리컨은 재채기를 해
펠리컨은 숨을 쉬어
펠리컨스러운 펠리컨이 우짖는다

펠리컨은 귀찮아!
펠리컨은 귀찮아!
펠리컨은 귀찮아!

펠리컨 목소리와
펠리컨의 펠리컨들과
펠리컨의 깃털과 발과 날개와 겨드랑이와 알과 눈동자와
꽁무니를 우리는 부지런히 생각하지

우리는 붉은 살이 아닌 것처럼
더러운 배꼽 따위는 없는 것처럼
두 발로 우아하게 걷지

펠리컨은 퍼덕퍼덕 날아간다
펠리컨은 펠레컨답게 생각하고
펠리컨은 펠리컨처럼 춤춘다

우리는 우우우 뛰어다니면서,
아, 너덜너덜한 붉은 생선

아, 너덜너덜한 붉은 생선의 아름다움
너덜너덜한 붉은 생선은 따뜻해!
너덜너덜한 붉은 생선은 부드러워!
생선의 기분!
생선의 기분!
생선의 기분!
생선의 희망!
생선의 희망!
물고기! 물고기! 물고기!
생선의 절망!
생선의 절망!

우리는 조심스럽게
그 새를 만지는 연습을 하면서
손에 묻은 홀로그램의 냄새를
문질러 봐야지

우리는 나무 밑에서 펠리컨의
그림자의 윤곽선의

움직임의
변화의 흐름의
장난의
흔적의 기복의 예상 경로를
따라 그려야지

　그사이에 펠리컨의 우유나 펠리컨의 직장(直腸)을 찾는
불운한 우리는 어떻게 할까
　그사이에 펠리컨의 기낭 속에 자리 잡은 약삭빠른 우리
는 어떻게 할까,
　눈을 꼭 감고 고개를 돌릴까 저을까

　펠리컨은 움직여!
　펠리컨은 움직여!

　기낭의 쾌적함!
　기낭의 쾌적함!
　기낭의 쾌적함!

펠리컨의 껍데기는 가방에 들어갈 수 없지만
우리의 턱은 허전하고 좁아서
텅 비고 넓다

펠리컨은 펠리컨끼리 반말을 하고
따뜻한 바람을 입은 펠리컨은
펠리컨을 쫓는다

가방에서 펠리컨은 자꾸 흘러내려
펠리컨은 미끄러워
녹은 펠리컨은 미끄러워!
녹은 펠리컨은 미끄러워!
늙은이는 흘린 펠리컨을 주워 먹어!
늙은이는 흘린 펠리컨을 핥아 먹어!

4부

아가씨와 빵

빵 주머니에 얼굴을 처박은
우울한 아가씨예요

희미한 영혼이 쬐는 안녕, 빵의
두둑한 어깨에 누워서 느끼는
빵의 정직한 콧김

현실보다 소설에 자신 있는,
빌어먹는 작은 아가씨는
빵의 전생을 생각하는 작은,
아주 작은 취미를 가지고

아가씨의 마른 손가락이 탐구하는
빵의 고통과 빵의 장래 희망

빵 주머니에 쏙 들어간
건조한 아가씨예요

입가에 정확한 부스러기를 붙이고

오열하는 아가씨의 정직한 콧김이에요

현실보다 소설에 익숙한,
죄 많고 늙은 아가씨는
빵의 솜털을 느끼는 작은,
아주 작은 능력을 가지고

아가씨의 굽은 손가락이 배우는
빵의 등짝, 착하게 말려 있는,
편안하고 이상적인 물음표들

형광색 토사물과
축광 물질로 재건축한
덥다와 사랑한다의 간단한 거리에서,

미끈한 내장들과, 그것의 주인이
관 뚜껑을 열고 내다보는
러브 유어셀프의 전단지 거리에서

아가씨의 창백한 발이 따라가는
빵의 전생, 빵의 달고 묵직한 배 속

아가씨를 구성하는
밀가루와 이스트와 워킹핸스와
계절을 지나 돌이 된 소원들이랑

잘 드는 빵칼로 우리는
아가씨를 썰어 볼까요, 부스러기 아가씨

빵으로 건축한 식탁에 누운 아가씨
고소한 냄새와 쿰쿰한 냄새를 같이 풍기는
사랑니를 다 뽑힌 상한 아가씨

밤

그렇게,

문이 닫히고 침대에 혼자 남겨질 때, 창밖은 늘 불길한 파란색. 그의 굿나잇 키스는 언제나 금세 식어 버리죠. 나는 하루 종일 추운, 내 불쌍한 토끼를 안고 옆집의 사이 나쁜 남매가 다투는 소리를 새겨들어요.

내 무릎은 사실 더 이상 아프지 않지만 (이건 비밀이에요) 내 토끼는 계속 추워서, 고기를 먹어야 하니까.

나는 칼질마저 상냥하게 하는 착한 사람. 늘 차가운 키스를 상상하는 좋은 습관 덕분이죠. 이제, 파랗게 질린 토끼를 위로할 양들이 걸어옵니다.

양보다 크고 무거운 의미를 잘라 낼 때도 치아가 여덟 개 보이는 웃음은 잊지 않아요. 양보다 멍청하고 더러운 일상을 찢을 때, 아, 잇몸은 안 돼요. 우리 선생님이 보면 뺨이 여섯 대니까. 양보다 덥고 냄새나는 감정들을 베어 낼 땐 허공에도 윙크를. 양보다 배고프고 욕심 많은 예외들을 끊어 낼 땐 꼭 표백한 앞치마를!

양보다 대책 없고 시끄러운 의식들은 천천히 오려 내야 해요. 왜냐하면 이런 밤은 양만큼 되새기느라 지치기 쉬운 밤이기 때문이죠.

이렇게,
조각난 양들로 내 방은 후텁지근하다구요. 이제 나는 혓바닥과 손톱의 누런 털을 정리합니다.

마지막으로 끌려 나가 뎅겅 잘리는 건 아주 익숙한 머리, 이쪽으로 돌아오는 저 순한 머리 없는 얼굴을 보세요. 오늘은 좋은 밤, 내 토끼가 따뜻한 밤, 핏기가 도는 밤.

생일2
—고은이에게

(철새가 날아가고 있습니다)

나무는 말이 없고
모든 것이 아직 차가운 날,
저 멀리 보이는 빨갛고 축축한 당신

남반구의 그대에게 북반구의 그대를,
동봉합니다

겨울로 태어나 여름이 된 그대가
오래전의 겨울 아이를 만나 이마를 맞대는 날

두 그대가 덥혀졌다 식어 가며
그렇게 빨개지고 파래지는 동안,

나는 창문을 열고 온순한 구름을 채집합니다
구름이 다 녹을 때까지 춤을 추겠습니다

오늘도 정말 고맙습니다

더 데일리 휴먼 빙7

아무도, 무엇도 깨지지 않는 밤이기를
우리가 대신 모르고,
우리가 대신 빨간 코를 달기로 하십시다

내뺑개쳐신 보는 게 기석처럼 숭력을 이기고
가장 가까운 이의 두툼한 손바닥에
적당히 그렇게, 그린 듯이 안착하기를

말실수하게 생긴 못난 입들은
누룽지 사탕이나 송곳니랑 같이 깨물기를

우리가 몰래 사는 우리의 작은 집에서
우리가 대신 모르고,
우리가 대신 빨간 코를 달기로 하십시다

앞뒤도 없는 검은 리본 놓친 저승사자가
춥고 귀찮아서 적당히 퇴근하기를

이를 갈며 소장(訴狀) 같은 걸 쓰던 사람들이

때 이른 잠에 꾸벅꾸벅, 그렇게 멍해지기를

거기 누구시죠, 물어보면
실례지만 그쪽은 누구시죠, 대답하고

죽은 낙엽을 누벼서 허연 배를 덮고, 사실은
다들 따듯한 걸 좋아하는 작은 짐승일 테니
자그맣고 예뻐요, 달걀 익습니다

삶의 페이소스라고 어떤 선생이 필기했던 걸 떠올리는 때
끄덕이고 돌아서다 휙, 그거 둥근 거 밟고 미끄러지는 때

사람들이 가고, 미소만 뒤돌아보고,
한겨울에 뺨이 얼어 터져도
못생긴 체서 고양이는 꾸준히 얼마든 신비로우니

이것은 무슨 소스입니까?
여기 달걀 덜 익었는데요,

서로 용기를 내어 남기로 하십시다

모르는 채로, 그러므로 우리는 뒤돌아 걷고

아직 우리가 모르는 말로 작성된 감정을 마름질하며

그렇게 두툼하게 뛰는, 안 깨지는 밤을 가지십시다

스모크 블루

스모크 블루를 안에다가 꿰매면
내 눈을 곱게도 꼭 쥐고,
그건 나의 미친 손거울

내 눈을 문지르는
블루-A의 손가락과

(끝은 나뉘지 않는 것)

얼굴을 까슬하게 부벼 주는
블루-B의 설탕 묻은 뺨

감탄사로만 작성된 사전이
한없이 낙하합니다

나는 어디까지 적실 수 있죠
우리가 희롱했던 저
수많은 매듭은 어떡하나요

길바닥에서 묻은 얼룩들
침대와도 말하지 않는 시간

복도는 왜 늘 길고 늘 비어 있을까요
잔웃음에 체한 채 늘어선 식물들

(환영의 구름판,
환영의 트램펄린,
전제의 해자,
전제의 똥밭)

내가 영원히 뒤로 걸어가면
입 다무는 꽃들

(말을 할수록 말에는 소금)

망가진 장난이었습니다
가치로운 거울이었습니다

더 데일리 휴먼 빙2

심장의 유행은 지났답니다 우리는
한 가지 내장에 들어 있어요

농담의 해안선을 비틀비틀 걷다
온통 모래 발을 하고 불편하게 잠들던 우리

이런, 귓속에선 미지근한 물이
영원히 출렁일 텐데

죽은 우유 배달원이 가져다주는
너덜너덜한 사랑의 새벽

나는 발가락을 구기고 앉아
마음 속에 애매하게 돋은 버섯을
똑똑 따내고 있었습니다

아침 창문을 열면
계절을 휘젓는 거대한 은수저

금세 검어진 것, 감염이
차라리 유행이랍니다 우리는
한 가지 내장에 들어 있어요

오늘의 신은 커피 찌꺼기로
귀찮은 신탁을 대신하셨구요,

생각과 생각
생각 비빔밥 괴물과
숟가락을 꼭 쥔
설거지 후의 물기가 덜 마른
엄마, 옛날 엄마,
비빔밥 장인 비빔밥 스타 비빔밥 귀신들

비벼진 버섯을 기어이
어금니로 씹어 보면

철쭉 같은 할머니들이
모여들어 우글우글 웃어 주고요

오늘의 커피 자국은 역시나 애매해서
생각은 감광(感光), 생각은 감광(感光)

내일 아침은 그냥 꽃이랑 먹어야겠어요
같이 물 말아서,
목욕처럼 먹는다구요

스톤 블루

낯선 정물이 돋았다
낯선 뼈가 자랐다

낯선 상자 속에 각자의 얼굴을 넣고
초대의 모두가 된 우리

누덕누덕 닳은 무지개와
여기에 계절이 만든 넝마 이불

초대의 모두들은
이것을 흥건하게 마신다

겹겹의 기울어진 밤에는
느리게 박힌 별들의 수군거림

여기에 우리를 지켜보는
물로 오래 씻은 눈들

비와 들개

그는 살아요,
맥주병의 근처에

헤엄치기 좋은,
그러다가 우르르르 꼴깍,
마시기도 좋은

그는 살아요,
진과 토닉 워터와

세수하기 좋은,
날개를 빨래하고
스파클, 스파클, 그것도
날기 좋은, 그 상태로, 그 상태로서

그는 살아요,
흐르는 푸른 잉크 곁에

비린내의 별이 돌보는,

여기 또한 스파클, 쏟아지는

그는 신중하게,
다정한 주름을 설계하고

식사는 얼음으로
후식은 레몬으로

그는 진중하게,
새로운 가지들이 시작하는 데에 서서

그는 걸어요,
맥주병의 열린 입술을 따라서

수목 한계선의 눈 내린 금에
닳아 빠진 발톱을 가지런히 맞추고

그는 두드려요,
살면서, 스파클

그는 기록해요,
살면서, 수면을 삼키면서

더 데일리 휴먼 빙5

우울에 재능 있는 사람들이 가득 모여서
사과를 깎습니다, 차를 한 솥 끓입니다

둥글게 이어 깎던 껍질이 끊어지면
머리를 모으고 통곡을 힙니다

우울에 재능 있는 사람들이 가득 모여서
차를 마십니다, 마실수록 묽어져서 더욱 슬퍼집니다

우리 옛날 사람처럼 살까요
밀가루를 가득 바른 손바닥을
가슴에 얹고 자기소개를 합니다

우울에 재능 있는 사람들이 가득 모여서
설탕 두개골을 둥둥둥 두들겨 봅니다
비슷한 심장을 말랑말랑한 손가락으로 빚어 봅니다

우리 옛날 사람처럼 살아 볼까요
마른 사람끼리 가득 안아 보는

푸석푸석하고 이상한, 지방질의 포옹

우울에 재능 있는 사람들이 가득 모여서
세수를 합니다, 너무나
쓸모없이 촉촉한 눈을 하고
서로를 불안하게 바라봅니다

우리 기나긴, 하얀 밤을 보내 볼까요
시들어 빠진 야채로 끓인 수프를
애써 힘을 모아 삼키고 나온 사람들

우울에 재능 있는 사람들이 가득 모여서
걸어갑니다, 누덕누덕 깨물린 귀를 달고서
흰 가루가 많이 남는 발로 갑니다

상갓집에서 애매하게 웃어 버린 사람들의 모임과
코가 유난히 길고 추운 사람들의 모임과
다 늙었으면서 얼굴에 솜털이 **빽빽**한 사람들의 모임을
지나

우울에 재능 있는 사람들이 가득 모였습니다
당신을 먹게 되어 영광입니나
묽고 냄새나는 밤에다가 머리를 감고
앉은 자세처럼, 아무 밀도 하시 않았습니다

더 데일리 휴먼 빙8

영혼에 새겨진 하얀 줄무늬
동네 양(羊)들이 죄다 여기서 풀 뜯습니다

맛이 있습니까?
맛이 있다, 맛이가 있다
충분히 촉촉합니까?
당신은 아무래도 지푸라기다

리본과 늙은 진주로 구성된 삶,
그런 거 모르겠고, 씨익— 모르겠고,

제가 그렇게 받아들여도 되겠습니까?
재미있다, 재미가 있다
앓고 계신 여드름은 좀 어떻습니까?
당신은 품질 좋은 지푸라기다

영혼에 새겨진 검은 줄무늬
동네 양들이 죄다 여기서 반추(反芻)합니다

횡보(橫步)하는 생각이랑 서로

목줄을 넉넉하게 잡고서

장미 대가리 같은 가분수의 삶,
여진히 모르겠고, 그래도 가시는 씨익—
아주 조금은 알 것도 같고,

기름과 땀을 주렁주렁 흘리며
동네 양들이 죄다 여기서 털갈이합니다

남의 해골을 쓰다듬는 삶,
정말이지 알 수가 없고요

덜 구워졌지만 어쨌든 은근히 따듯한 팬티 한 장
밀가루 반죽이 엉덩이에 두둑하고
꽤 푹신하고
그러다가, 갑자기 차갑기도 하고

동네 양들이 죄다 여기서 입 헹굽니다
동네 양들이 죄다 여기서 빨래합니다

우유가 들어간

정답고 정다워도,
정다워요, 말하면
동대문 밖으로 도망가는
미친 여자들이 있어요

사람인데, 눈사람인,
곱고 탄탄한,
차갑고 안 썩는
뽀드득한 속

빨갛고 길게, 새 코를 따라 달고
훌쩍훌쩍 숨쉬어 보면, 우두둑,
무언가 부러지는 것 같다가도

환영합니다,
피(血) 없고 얼룩 없는
고맙고 찰진 속

그 말들이,

바닥에 쌓인 그대로,
그 말로서 진심이구나,
하는 선선함

정답고 정다워도,
정다워요, 말하면
한겨울에 창문 열어 내보내는
미친 여자들이 있어요

아침에는 잠자고
오후에는 앉아 있고
저녁에는 신을 눕혀 젖 먹이는, 학대하는,

눈사람인데, 사람인,
새파랗고 사혈(死血) 침도 안 먹는,
균질하고 밋밋한 속

그런 게 있어요
늙은 요정(妖精)에 가까운,

기쁨 밖에서 순수하게 놀라 달려온 덩어리와,

그 말들이,
얼어붙은 그대로,
그 말로서 이미 결정(結晶)인,
그런 선선함

더 데일리 휴먼 빙1

착실한 겨울을 따라 걸었습니다
쓸모없는 사람이 되었습니다

느슨했던 지난여름에는
슥슥 씻은 복숭아 하나만 베어 물고도
지구 일곱 바퀴 반을 달리던,

도대체 쉬지를 않고
몇백 마력으로 그르렁대던
소녀의 훌륭한 심장이 있었습니다

달리면서 아무 데에나
꾸깃꾸깃 적어 둔 맥주, 고양이,
작도법적인 하트, *여보세요, 행복하십시오*

문학 속에서 사는 느낌이 뭔지 알겠습니다
느지감치 세수를 하고, 기어이 폐를 끼치는 것
수챗구멍의 반쯤 썰린 쌀알을 우글우글 세는 것

무릎 위로 쓱 올라간 스커트에
매달려 흔들리는 이것은 아무래도,
혼자 연질(軟質)인 감정

아무도 울지 않는 밤에
혼자 몰래 교회 세우는 것
눈이 아무리 많이 와도
숨지 못하고 기어이 십자 얼룩이 되는 것

여보세요, 행복하십시오
내일 아침 커피를 권합니다
이보십시오, 복 받으십시오
어제 끓인 크리스마스를 대접합니다

착실한 겨울을 따라 나는
눈투성이 사람이 되었습니다

문학 속에서 사는 느낌이 뭔지 알겠습니다
지하실에 갇힌 나의 어린이에게

우글우글한 쌀알로 밥해 먹이는 것

안녕하세요, 여기가 나의 교회입니다
복숭아랑 스커트랑 맥주랑 같이 풀럭이는
여기는 작은 마당, 비정형, 큰 심장을 섬기는

도깨비와 엉덩이의 세계

민승기(경희대 후머니타스칼리지)

도깨비와 산책을

'두통으로 오는 이웃'을 위해 '식탁'을 차리고, '재채기하
는 도깨비'와 '산책'하는, '거의 모든 세계'에 시인은 '있다.'

> 어떻게 사나요?
> 도깨비처럼 살지요
> 도깨비처럼 사는 게 무엇인가요?
> 이렇게 가끔 나타나는 거지요
> ──「우아하고 전지전능한」에서

나타날 수 없는 것의 나타남. 나타남은 사라짐을 전제로

한다. 사라지는 방식으로 나타나는 도깨비는 세계 속에 있지만 없는 '잉여'이다. 세계 속에 더해져 세계가 결코 온전한 전체가 될 수 없음을 고지하는 '틈'. 온전한 세계는 처음부터 없었다고, 세계는 '거의 모든 세계'로만 존재할 수 있다고 외치는 '리빙 데드'.("사실 곰은 없었다 자꾸자꾸 곰 생각을 한다" 「리빙 데드」) 산 것도 죽은 것도 아닌, 죽음 이후의 삶을 살아가는, 아니 죽음을 살아가는 도깨비는 그러나 친밀하고 낯선 이웃으로 온다.

우리는,
배꼽의 이웃

두통이 올 때마다
몸이 삼차원임을 알듯이

네가 올 때마다
너, 두통처럼.
─「선량한 이웃」에서

도깨비는 배꼽이란 상처로 이미 내 속에 들어와 있다. 프로이트의 말대로 꿈의 배꼽이 꿈의 요소들로 환원될 수 없는 공백이듯, 이웃이란 배꼽은 나를 구성하는 중심인 동시에 나를 능가하는 타자의 흔적, 상처이다. 도깨비는 틈을 내는 그러나 나를 (틈으로) 존재하게 하는 두통으로 온다. '나는 (도깨비를) 앓는다. 그러므로 존재한다.' 도깨비와의 만남(상처)이 우리를 가능하게 하지만 오히려 우리는 기원적 틈을 억압하거나 봉쇄하려 한다.

　　우리는 앙상한 말들로

　　(간결한 발걸음)

　　우리는, 한다
　　오, 친애하는 너에게

──「선량한 이웃」에서

　우리는 도깨비를 쫓아내기 위해 모든 말들을 동원해 그것을 규정하고 지배하려 하지만 남는 것은 항상 앙상한 말뿐이다. 도깨비는 언어로 재현될 수 없는 것으로 남아 있고 우리는 그것에게 인사를 건넬 수 있을 뿐이다. 도깨비에게 말 걸기. "오 친애하는 너에게." 이미 배꼽으로 들어와 있지만, 인사라는 수행적 행위("우리는, 한다") 속에서 비로소 오게 되는 도깨비(의 세계). 언어는 도깨비라는 이웃을 '향해' 열려 있을 때에만, 도깨비라는 상처를 자신 안에 기입할 때에만 가능하다. 우리는 도깨비에게 말 걸기 위해 상처에 노출될 위험을 무릅쓰고 저녁 식탁을 차린다.

어떻게 사나요?

가슴을 베어 내고 살지요

가슴을 베어 내는 건 무엇인가요?

저녁 식탁을 차리는 일이지요

　　　　　　　　　　　　—「우아하고 전지전능한」에서

저녁 식탁을 차리는 일은 그러나 가슴을 베어 내는 행위이다. 가슴은 다른 것으로 번역되거나 대체될 수 없는 단독적(singular)인 것이다. 데리다식으로 말하자면 시는 무엇보다도 단독적인 가슴이다. 그것은 도깨비처럼 "하나의 개념도 하나의 대상"도 아니다.* 시는 "시학(poetics)의 도서관이 모두 타 버렸을 때에도"** 여전히 남아 있는 잉여물이며 시 일반으로 모아질 수 있는 시가(poetry)도 아니다. 시학이나 시가로 환원될 수 없는 (몇 편의) 시가 있을 뿐이다.(「시」, 297) 데리다는 보편적 개념이나 특수한 내용으로 설명할 수 없는 단독적인 시를 시적인(poetic) 것과 구분하여 "시다운"*(시 한수의, poematic) 것이라 말한다.(「시」, 297)

* Jacques Derrida, "Istrice 2: Ick bünn all hier," *Points...*, trans. by Peggy Kamuf and others (Stanford: Stanford University Press, 1995), p. 303. 앞으로 이 글에서의 인용은 「고슴도치」라 쓰고 쪽수만 표기.

** Jacques Derrida, "Che cos'è la poesia?," *Points...*, trans. by Peggy Kamuf and others (Stanford: Stanford University Press, 1995), p. 295. 앞으로 이 글에서의 인용은 「시」라 쓰고 쪽수만 표기.

시는 철학적 진리와는 다른 시적 진리가 발생하는 공간도, 전체로서의 진리를 대변하는 부분으로서의 작품도 아니다.(「고슴도치」, 303) 오히려 시는 시나 진리를 하나의 전체로 설립하려는 시도 자체를 중지시키는 '사건(event)의 도래'이다.(「시」, 291) 시는 시가 존재하지 않는다고 말한다. 시라는 사건은 '이미 있었지만' '아직 오지 않은' 이웃(도깨비)으로 남아 시의 현선을 중지시킨다.

시는 보편적 하나와 특수한 여럿을 중지시키는 가슴에 의해(by heart) 쓰이지만 그러나 그것은 이미 "받아 쓰여진"(dictated) 것이다. 시는 타자가 내 가슴에 새긴, 타자를 배우고자 하는, 타자를 받아쓰는 행위(dictation)이다. "나는 하나의 받아쓰기이다. 시가 말한다."(「시」, 289) 나의 단독성은 타자의 반복으로부터 생겨난다. 나는 타자를 알지 못한 채 암송(learn by heart)하고 받아쓴다.(「시」, 295) "(시란 어떤 사건인가?)라는 질문에 답하기 위해서는 모른 채 쓰는 법을" 배워야 한다.(「시」, 289, 295) 암송이란 기계적 행위는 어떤 것으로도 반복될 수 없는 나의 가슴을 베어 내고 있다. 아니 가슴은 이미 베어 낸 가슴으로만 존재한다. 생생한 기억은 죽은 기억을 통해서만 가능하다. 이것은 마치 지젝의 말대로 기계적으로 돌아가는 통이 나를 위해 기도해 주거

---

* '시다운'이란 번역어에 대해서는 강우성, 「미지의 글쓰기: 데리다와 시」, *Position* 6 (2014), 19쪽 참조.

나 녹음된 웃음소리가 나를 대신해 웃어 주는 것과 같다. 나의 고유한 가슴은 반복적으로 재생되어 고유성이 상실될 때에만 존재할 수 있다. 서명의 고유성이 고유성을 박탈하는 반복(서명은 반복될 수 있어야 비로소 서명으로 존재한다. 그러나 이 반복(위조) 가능성은 서명의 단독성을 박탈한다.)에서 생겨나듯 시의 가슴은 타자를 암송하려는 욕망 속에서 태어난다.(「시」, 299) 나의 서명은 매번 다르게 스스로를 지울(연기하고 중지시키며 자신과 달라질) 때에만 존재할 수 있다. 나는 아직 가슴을 모르고 타자에게 배우고 타자를 암송함으로써 가슴을 창안해 낸다.(「시」, 295) 데리다는 내 마음 속의 타자를 '심장 속의 악마'라고 말한다.(「시」, 299) 타자가 악마인 이유는 하나로 규정될 수 없는 이중성 때문이다. 그것은 안에 기입됨으로써 심장의 내면성(하나로 모아들임)을 가능하게 하는 동시에 심장이 이미 바깥임을, 내면성이 이미 불가능한 것임을 고지한다.

시란 "스스로를 하나의 공처럼 말아 올리고 자신의 뾰족한 가시들을 바깥으로 향하고 있는 고슴도치와도 같다."(「시」, 297) 데리다는 고슴도치 또는 시의 이중성을 '동시성'으로 설명함으로써 슐레겔과 하이데거의 고슴도치를 넘어서고자 한다. 자신의 몸을 둥글게 말아 어떤 것도 침투하지 못하게 만드는 고슴도치는 부분이자 전체로서의 내면성을 뜻한다.(「고슴도치」, 302) 그러나 데리다의 고슴도치는 하나의 장르나 종 또는 가족에 귀속될 수 없는 혼자이다.(「고

습도치」, 302) 그것은 전체로 작용하는 완결된 부분이 아니라 전체를 불가능하게 하는 부분인 동시에 스스로와도 달라지는 부분, 부분이라고도 전체라고도 할 수 없는 단독성이다. 가시들을 바깥으로 향하고 스스로를 하나의 공처럼 말아 올려 달려오는 차들로부터 스스로를 보호하려는 고슴도치는 산산조각이 날 가능성에 전적으로 노출되어 있나. 내년적 완결성에 눈멀어 있는 고슴도치는 방어가 이미 노출이라는, 안이 이미 바깥이라는 사실을 보지 못한다. 그러나 이 예측 불가능한 우연성에 반복적으로 노줄되지 않으면 고슴도치의 내면성은 생겨나지 않는다.(「시」, 297) 시는 스스로를 지우거나 연기하거나 중지시킬 가능성에 노출되지 않으면 존재할 수 없다. 가슴을 베어 내는 타자를 위해 저녁 식탁을 차려야 하는 이유가 여기에 있다.

데리다의 고슴도치는 '이미 항상 여기 있는' 하이데거의 고슴도치와도 다르다. 하이데거의 고슴도치는 토끼와의 경주에서 승리하기 위해 결승선에 부인을 미리 보내 '나는 벌써 와 있는데'라고 외치도록 하는 그림 동화집의 고슴도치이다.(「고슴도치」, 303) 이것은 프로이트의 『쾌락원칙을 넘어서』에서 무대화되는 포르트-다(fort-da) 게임을 연상시키는데, 여기서 (어머니 또는 나의) 상실과 회복의 운동은 시간적 지연을 필요로 한다. 그러나 그림의 고슴도치 속에서 가 버릴 가능성(포르트)은 이미 여기 있는 현전(다)에 의해 소진되어 버린다. 시간적 지연이 초래하는, 길을 잃어버

릴 가능성, 자신이 자신과도 달라질 가능성은 처음부터 배제되어 있다. 시간적 지연은 스스로를 중지시키는 간극이라기보다는 수지맞는 장사(승리)로 귀환하는 원환(circle)이 된다. 그러나 '나는 이미 항상 여기 도착해 있다'는 철학의 고슴도치는 이미 항상 '여기'의 불가능성에 노출되어 있는 것이 아닌가라고 데리다는 묻는다.(「고슴도치」, 304) 이미 항상 나를 베어 낸, 나의 틈으로 들어와 있는 타자는 그러나 와야 할 것으로 남아 '여기'의 현전을 벗어난다. 이미 항상은 과거로 소진될 수 없는 잉여물로 남아 현재의 '여기'를 중지시키는 틈으로 도래한다. 그러므로 우리는 지금 여기에 공백으로 남아 있는, 도래하는 타자를 위해 문을 열어 두어야 한다.

> 화학적으로 잘못 구성된 눈 냄새,
>
> 나는 나의 도착하는 편지를 위해 밤새 문을 열어 두었는데요,
>
> (……)
>
> 어떻게 사나요
>
> 도깨비처럼 살지요
>
> 도깨비처럼 사는 게 무엇인가요?
>
> 저녁 식탁에 눈을 뿌리는 거지요
>
> ──「우아하고 전지전능한」에서

눈은 잘못 구성되어 있고 시간적으로 탈구되어 있다. 그

러나 아직 오지 않은 눈을 위해, 잘못된 방식으로 도착하는 편지를 위해, 우리는 이미 항상 타자의 자리를 남겨 두어야 한다.

> 시간과 약속을
> 계속해서 껴입으며
> (안개 묻힌 분홍)
> 멸종되지 않는 산책
>
> ——「선량한 이웃」에서

김영민에 따르면 산책은 "빈터의 체험"이자 "자본제적 삶의 양식과 생산적으로 불화하는 부사적 사이공간"이다.* 내가 있기 위해 이미 항상 전제해야 하는 타자에의 열림이 약속이다. 그러나 이 약속은 아직 오지 않은 시간, 아마도(perhaps)**라는 부사적 가능성으로 남아 있다. 자본주의는 자본주의의 교환 체계에 상처를 입히는 계산 불가능한 이 '틈'을 정확성의 물신화를 통해 덮으려 한다. 시간의 정확성은 시간을 불가능하게 하는 부사적 '틈', '이미 항상'과

---

* 김영민, 『산책과 자본주의』(늘봄, 2007), 17~18쪽. 앞으로 이 책에서의 인용은 『산책』이라 쓰고 쪽수로 표기.
** 현전을 위협하는 '위험한 아마도'(dangerous perhaps)에 관해서는 Jacques Derrida, *The Politics of Friendship*, trans. by George Collins (London: Verson, 1997) 참조.

'아직 아닌'을, 현재적 다양성으로 바꾸어 소진시키려 한다. '이미 항상'은 현재가 지배할 수 있는 과거로 환원되고 '아직 아닌'은 예측 가능한 미래로 계산된다. 그러나 산책은 '자본주의적 이동'(『산책』, 26)으로 셈할 수 없는 단독적 리듬으로 남아 있다. "멸종되지 않는 산책"은 그러나 초월적이고 예외적인 또 다른 공간을 꿈꾸지 않는다. 불사조나 독수리가 아닌 위험에 노출된 눈먼 고슴도치가, 시의 존재 방식이어야 하는 이유가 여기에 있다.(「시」, 297)

눈이 오고,
엄마가 나를 낳는다

(나는 커다랗게 잠을 잔다)

엄마랑 나랑 사이좋게 피를 흘린다
죽고 없는 여자들이 우중우중 모여든다

(……)

엄마를 입고 미끄러운 구두를 신었다
아무도 안 왔다
눈도 안 왔다

───「생일」에서

나의 탄생을 바라보고 있는 나. 거기 있지만 없는 나. 나타나기 위해 사라져야 하는 나. 재현될 수 없는 그러나 세계가 그것의 요소로 편입시킬 수 없는 공백으로 남아 있는 도깨비의 시선. 이미 항상 '죽음 이후의 삶'으로 태어나는 잉여, 기타 누락자. 이것은 "사라짐을 자신의 법으로 삼고 있는" 시와도 같다.(「시」, 289) 암송 속에서 스스로를 지워야만 나타날 수 있는 시의 가슴. 그러나 우리는 재현하거나 계산할 수 없는 이 잉여적 시선을 배워야 한다. 알지 못한 채 반복해야 한다. 부재로서 현전하는 타자의 서명에 귀 기울여야 한다. 분별에 기반한 철학적 지식을 중지시키고, 산 것도 죽은 것도 아닌 도깨비의 시선을 세계 속에 편입시킬 때, 세계는 공백을 포함한 세계, 온전한 형태로 존재할 수 없는 '거의 모든 세계'일 뿐이다. 이것은 지나가는 차에 산산조각날 위험에 노출된 채 고속도로 한 가운데 잔뜩 몸을 웅크리고 있는 고슴도치의 불-사성(im-mortality)과도 같다. 하이데거의 말대로 고슴도치는 죽을 수 없어 단지 사라지는 것이 아니라 우리가 죽음이라 부르는 것에 대한 지식을 갖고 있지 않다는 점에서 불-사이다.* 인간의 방식으로 죽지 못하는 동물은 결핍이 아니라 가사와 불사의 대립으로는 이해할 수 없는 방식으로 존재한다. 그것은 지식에 기반

* Peter Dayan, "The Time for Poetry," *Oxford Literary Review* Vol. 31, No.1 (2009), p 11.

한 인간의 죽음을 베어 내는 틈, 리빙 데드로 존재하는 시의 존재 방식이기도 하다. 시는 이름 없는 동물 타자의 서명을 내 안에 기입하는 일, 현전도 부재도 아닌 동물의 시간을 발견하는 작업이다.

아버지는 동물원 관리인이었다
'우리 집에 가면 흰 곰이 있어.'
(탈출하는 곰이 아빠를 먹는다)

(……)

아버지는 그게 아니라 사육사였다고 한다
'우리 집 곰은 조용하고 털도 안 날려.'
(말 없는 곰이 아빠를 껴안다가 그만 부서뜨린다)

(……)

기록된 바에 따르면, 아버지는 위대한 사냥꾼이었다고 한다
'아니 우리 집 곰이 어제 도망을 갔지 뭐니.'
(곰이 집을 착착 접어 어깨에 메고 나간다)

— 「리빙 데드」에서

괄호 속에 삽입되어 있는, 부재의 방식으로 현전하고 있

는, 앞의 내용에 더해져서 그것을 베어 내고 있는 동물은 카프카의 「가장의 근심」에 등장하는 오드라덱처럼 친밀한 집에서 출몰하는 낯선 타자이다. 그것은 아버지가 관리하거나 사육, 사냥할 수 없는, 아버지를 능가하는 아버지 속의 잉여, 이름 없는 타자이다. 아버지 속에서 충분히 살해되지 못해 상징화되지 못한 곰은, 죽음 이후에도 살아남아 아버지의 상징 체계에 균열을 낸다. 동물은 의미화되지 않은 채 남아 불-사의 시간, 시의 시간을 살아간다. 말 없는 곰, 언어가 애도할 수 없는 나머지로서의 농불이 멜랑콜리아의 세계를 연다.

> 토끼가 앞발로 가져다 준 토끼적 가치관들
>
> (……)
>
> 털적인, 느린 세계
>
> (……)
>
> 토끼적 세계
>
> (……)
>
> 입안에 가득한 털
>
> 에취 에취 분분한 털
>
> ──「토끼의 식탁」에서

플라톤의 『향연』에서 아리스토파네스의 딸꾹질이 에로스에 관한 철학적 담론을 중지시키듯 입안에 가득한 털이 초래한 재채기는 "동물의 편지만 가득 휘날리는" "바랜 남색"의 세계, "나무에 엉킨 채로 잘못 진행되고 있는" 아침과 "진정한 시체"만을 남긴다.(「프러시안 블루」)

> 죽은 우유 배달원이 가져다주는
> 너덜너덜한 사랑의 새벽
>
> (……)
>
> 오늘의 신은 커피 찌꺼기로
> 귀찮은 신탁을 대신하셨구요,
>
> ──「더 데일리 휴먼 빙2」에서

라스 폰 트리에의 「멜랑콜리아」에서 저스틴이 스테이크에서 '재 맛이 난다'고 말하듯이 멜랑콜리아의 세계는 죽음을 먹고 사는 세계, 이미 삶 속에 들어와 있는 죽음을 연기하며 사는 죽음 이후의 삶이다. 그러나 모든 의미가 소진된 후에도 여전히 남아 있는 찌꺼기의 세계는 바로 일상이 아닐까? 멜랑콜리아의 세계야말로 상징화된 세계가 온전히 덮을 수 없는 세계의 기원, 근원적 틈이 아닐까? 그것은 초월성으로 지양될 수 없는, 의미를 모두 비워낸 비-인간의 세계, 우리의 일상이다. "우아하고 전지전능한" 신은 '오늘의 커피'가 되고, '커피 찌꺼기'로 신탁을 대신한다. 아가씨는 "부스러기 아가씨"(「아가씨와 빵」)로 존재하고 "무거운 의미를 잘라"내듯 "뎅겅 잘리는 건 아주 익숙한 머리"이며 "이쪽으로 돌아오는" 것은 "순한 머리 없는 얼굴"(「밤」)이다. 무의미-유의미의 대립을 넘어 의미를 중지시킬 때 드러나는 불-사의 존재, "진정한 시체들"의 세계가 바로 우리의 일상이다. "우울에 재능 있는 사람들이 가득 모여서 사과를 깎습니다. 차를 한 솥 끓입니다"(「더 데일리 휴먼 빙5」)

시는 엉덩이로부터 온다

엉덩이를 사유할 수 있을까? "흐물하고도" "이름 없는" "애매한" "저기 없는 엉덩이"를?(「엉덩이 드라이브」) 등 뒤에서 우리가 알지 못하는 형태로 오는, "척척 귀신같이 스미는" 엉덩이로 도래하는 타자와 어떻게 관계 맺을 수 있을까? 타자를 보기도 전에 타자에게 노출되는 엉덩이가 인간이 아닐까? 인간은 이미 항상 엉덩이 존재이지 않은가?

　　한밤중에 마스크 쓰고
　　그네 좀 탔습니다

　　온갖 단어들을 한 번씩 다

동사(動詞)시켜 주었습니다

—「거의 모든 것의 유니콘」에서

엉덩이의 세계는 무엇보다도 동사이다. 그것은 모든 단어들을 스스로부터 일탈하게 만드는 전환(turning)이다. 엉덩이는 시각적 재현을 통해 타자를 지배하려는 시도를 중지시킨다. 그것은 "알 수 없는 형태로 나의 등 뒤에서 타자가 도래하도록 허용하는 무조건적인 환대이다."* 엉덩이는 나를 놀라게 하고 내가 나와 같아지는 동일성의 순간을 연기하는, 내가 알지 못하는 나, 나를 나 이상으로 만드는 타자이다.

> 엉덩이의 동공으로 보는 법
>
> 아침마다 심장께에 붙이는
>
> 차갑고 물큰한, 다 식은 엉덩이
>
> 죽은 엉덩이 고기 엉덩이
>
> —「엉덩이 드라이브」에서

엉덩이는 볼 수 없는 것을 본다. 인간은 자신이 알지 못하는 것을 이미 가지고 있다는 것. 타자를 보기도 전에 타

---

* David Wills, "Full Dorsal: Derrida's Politics of Friendship," *Postmodern Culture* Vol. 15, No.3(2005), para. 32.

자에게 보여져야만 존재할 수 있다는 것. 살아 있는 심장은 죽은 엉덩이와 분리되어 존재할 수 없다는 것을.

  엉덩이의 기도, *지은 죄는 잊으시고*

  지을 죄는 사하소서, 나부끼는

  엉덩이의, 세상의 얼룩과 세상의

  그림자에 대한 그런

  짓무른 기도,

  　　　　　　　　　　──「엉덩이 드라이브」에서

  "살아 있었고, 살아서 움직였던" 엉덩이는 "저기 없는"
(무효화된) 엉덩이이고 얼룩과 그림자로만 존재한다.(「엉덩이
드라이브」) 엉덩이는 사라짐으로써, 스스로에게 등을 돌림
으로써만 자신을 드러낸다.

  둘이 월세 낸 방에

  셋이 누워서

  비 오던 여름방학을 생각했지

  (……)

  셋이 월세 낸 방에

  둘이 누워서

젖은 머리를 늘어뜨리고

우리는 해감 중인 조개처럼

　　　　　　——「젊은 사람들끼리 하는 인사」에서

유전자의 유전자인 그는

말라와 해라와 어떻겠니로

내 속에 삼단같이 살지만

　　　　　　　　　　　　——「엄마」에서

웃음도 삼겹인 대단한 아저씨와

존재 자체가 삼겹인 엄청난 언니들

　　　　　　——「크레이지 서울 라이프」에서

　둘이 이미 셋인 이유는 엉덩이를 마주하고 있기 때문이다. 마주하는 엉덩이는 서로에게 열려 있지만 둘 모두가 볼 수 없는, 셋이라는 공백으로 남아 있다. 그러나 나의 공백이자 타자의 공백인 바로 이 공백이 나와 타자의 관계를 가능하게 한다. "관계의 엉덩이"는 대립적 차이를 통해서 의미를 발생시키는 의미의 세계가 배제해야 하는 제3의 공간, 얼룩이다. 그러나 현전하지 않지만 부재한다고도 말할 수 없는 나머지인 엉덩이가 심장을 가능하게 한다. 인간은 '엉덩이-심장'으로만 존재할 수 있다.

　그러나 엉덩이가 베어 낸 심장을 가진 시인은 이미 항상

"갈변한" 사과를 먹으며(「진흙의 기원」) "빵의 등짝"을 배운다.(「아가씨와 빵」) "현실보다 소설에 익숙한"(「아가씨와 빵」) 아가씨-시인은 "사과에게 사과라고 하면/ 사과는 사과가 되면서/ 사과가 조각"나는(「진흙의 기원」) 명명(불)가능한 세계 속에 "쓸모없는 사람"으로 살면서 "문학 속에서 사는 느낌"(「더 데일리 휴먼 빙1」)을 갖고자 한다. 그것은 "수챗구멍의 반쯤 썰린 쌀알을 우글우글 세고" 그것으로 "지하실에 갇힌 나의 어린이에게 밥해 먹이는 것"(「더 데일리 휴먼 빙1」)이다.

> 서로 용기를 내어 남기로 하십시다
> 모르는 채로, 그러므로 우리는 뒤돌아 걷고
>
> 아직 우리가 모르는 말로 작성된 감정을 마름질하며
> 그렇게 두툼하게 뭐든, 안 깨지는 밤을 가지십시다
>
> —「더 데일리 휴먼 빙7」에서

세계는 모든 의미가 소진된 이후에 남아 있는 '수챗구멍의 쌀알'로만 존재한다. 그러나 용기를 내어 죽음 이후를 살아가는 우리는 시각적 재현을 통해 타자를 지배하려는 시도를 중지하고 뒤돌아 걷고 부재하는 시선으로 남아 '아직 우리가 모르는 말로' 타자를 암송한다. 시는 타자를 모른 채 그것을 되뇌는 '엉덩이-심장'으로부터 온다.

　낭만적 사랑의 속옷을 걸치지 않은 맨살의 에로스다. 사랑의 에로스가 아니라, 생물의 에로스다. 관계의 에로스가 아니라, 관계 이전의 몸의 에로스다. '둘'의 에로스가 아니라 '님포마니악'의 에로스다. 그의 언어는 에로스에 대한 공포와 혐오를 리드미컬하게 가로지르는 스텝을 가졌다. 생물성으로 사회성을 가로지른다. 절룩일 때도 끝내 씩씩한 스텝이다. "법 없는 주인"의 언어이며, "투쟁의 초록", "신선한 생식기"의 율동이다. 그의 언어는 전사의 군화가 아니라 춤추는 육체로부터 나온다. 그는 "온갖 단어들"이 "동사(動詞)"로 움직이는 세계를 꿈꾼다. 명사 안에 감금된 동사가 뛰쳐나온다. 생물의 에로스가 언어의 에로스에 입 맞추고, 언어의 에로스가 생물의 에로스를 포옹한다. 언어와 몸은 함께 춤추며 뛰어간다. 심민아의 첫 시집이다.

　── 김행숙(시인)

심민아의 첫 시집 『아가씨와 빵』은 보고 듣고 만지고 냄새 맡고 맛본 것들로 가득 차 있다. 그것들은 익숙한 감각이 아니다. 세이렌의 노래처럼 반복적인 리듬에 휩싸인 언어는 한 번도 경험해 보지 못한 이상한 감각들로 온통 "범벅"된 '모르는' 세계를 우리 앞에 펼쳐 놓는다. "우리가 대신 모르고/ 우리가 대신 빨간 코를 달기로 히십시다"라고 말하면서 시인은 우리를 유혹한다. 알던 세계는 이내 무너져 내린다. 견고한 것들은 물렁해지고 확고한 것들은 경계가 희미해진다. "산 것 특유의 구린내"가 진동하는 "기형과 별종의 정원"에서 "미친 여자들의 무덤이/ 자꾸만 울룩불룩 솟아오르고", "모든 것이 잊히고 미치는 이곳"이 알던 세계가 해체된 자리에 남은 우리 세계의 실상이다. 그런 세계에서 시인이 할 수 있는 일이라곤 "아직 우리가 모르는 말로 작성된 감정을 마름질"하는 무모한 일뿐이지만, 시인은 "토끼의 기분"이나 "생선의 기분" 같은 것으로 매일매일의 인간을 재구성하려는 시도를 멈추지 않는다. 이 재생 불가능한 세계에서 그것만이 "검고 마른 것들의 허리"를 안아 주고 "먼 데로, 먼 각도로, 멀리 꾸는 것"을 포기하지 않고 "미래의 케이크"를 빚는 일이라는 듯. 이 시집의 매혹은 그래서 위험하다.

　　— 김근(시인)

지은이   심민아

홍익대 미학과 석사 졸업.

2014년 《세계의 문학》 신인상으로 데뷔했다.

아가씨와 빵

1판 1쇄 찍음 2020년 6월 5일

1판 1쇄 펴냄 2020년 6월 12일

지은이 심민아

발행인 박근섭, 박상준

펴낸곳 **(주)민음사**

출판등록 1966. 5.19. (제16-490호)

서울특별시 강남구 도산대로1길 62(신사동)

강남출판문화센터 5층 (06027)

대표전화 02-515-2000 / 팩시밀리 02-515-2007

www.minumsa.com

ⓒ 심민아, 2020. Printed in Seoul, Korea

ISBN 978-89-374-0892-2 04810

      978-89-374-0802-1 (세트)

• 잘못 만들어진 책은 구입처에서 교환해 드립니다.

민음의 시

민음의 시

목록